Este libro
es propiedad
del pirata:

....

LOS LOBITOS DE MAR

Cinco, como los dedos de una mano,
estudian el primer curso en la Escuela de Piratas
y aspiran a convertirse en expertos bucaneros.

Jim

Inteligente y audaz, está
siempre dispuesto a sacar
a sus amigos de cualquier
apuro. Es de origen inglés.

Antón

Flaquito y un poco cobardica,
siempre se está quejando
de todo… Tiene orígenes
franceses.

Ondina

La única chica de
la tripulación posee
una habilidad insólita:
habla con los peces.
Es portuguesa.

Babor y Estribor

Los dos enormes y requeterrubios hermanos
noruegos se parecen como dos gotas
de agua y... ¡no hacen más que
meterse en líos!

LOS CAPITANES

Los maestros Pirata tienen el título
de capitán y cada uno de ellos enseña
una asignatura distinta de la piratería.

Hamaca

Holgazán y dormilón,
el profesor de los Lobitos
de Mar es maestro de Lucha
porque… reparte golpes
como pocos en el mundo.

Shark

El maestro de los
Tritones está lleno
de cicatrices dejadas
por tiburones y medusas.
Enseña Navegación.

Letisse Lutesse

Es maestra de Esgrima.
Bonita y siempre elegantísima,
se le considera la pirata más
hermosa del mar
de los Satánicos.

Sorrento

El maestro de Cocina
prepara el mejor caldo
del mar de los Satánicos.
A base de medusas,
claro está.

Vera Dolores

Maestra de las Cintas Negras,
la imponente enfermera de la
isla es supersticiosa hasta
extremos inverosímiles y una
apasionada de los horóscopos.

Título original: *Assalto a sorpresa!*

Primera edición: febrero 2011

©2008 Dreamfarm
Texto: Steve Stevenson
Ilustraciones: Stefano Turconi

© de la traducción: Susana Andrés
© de esta edición: Libros del Atril S.L.,
Av. Marquès de l'Argentera, 17, Pral.
08003 Barcelona
www.piruetaeditorial.com

Impreso por Brosmac, S.L.
Carretera de Villaviciosa - Móstoles, km 1
Villaviciosa de Odón (Madrid)

ISBN: 978-84-92691-98-2
Depósito legal: M. 58.960-2011

Steve Stevenson

La Escuela de Piratas

¡Asalto por sorpresa!

Ilustraciones de Stefano Turconi

pirueta

A Giuseppa Lombi

Prólogo
Comienza la aventura...

Los cinco Lobitos de Mar se encontraban a bordo del *Argentina*, el barco del director Argento Vivo, y regresaban a la Escuela de Piratas tras haber liberado el *Tiburón Blanco*, la embarcación del capitán Shark, de los Ladrones de Barcos.

Era una velada muy especial: como premio a su gran valentía, el capitán de los capitanes los había invitado a cenar en su camarote. ¡Qué gran honor!

Un grumete con traje de camarero colocó

los primeros platos en el centro de la mesa. Cuando levantaron las tapaderas de las fuentes, un cálido aroma envolvió a los hambrientos comensales.

—¡Filete de atún al vapor! —exclamó Antón, el más flaquito de la joven tripulación.

—¡Mira qué estupendo! —susurró Estribor dando un codazo a su hermano—. ¡Lenguado marinado y patatas asadas!

—¡Menudo festín! —exclamó Babor.

Los tres niños intercambiaron una mirada de reojo y al instante lanzaron los tenedores sobre las fuentes repletas de exquisiteces, luchando por ensartar los mejores bocados.

Una patata hirviendo saltó de una cazuela y se estampó en la frente del capitán Shark.

—¡Por todas las sirenas! —tronó el maestro de Navegación mientras se limpiaba con una servilleta—. ¿Es que os habéis olvidado de los buenos modales, piratillas de mar dulce?

A Antón, Babor y Estribor se les habían puesto los pelos de punta, mientras que Ondina y Jim agitaban la cabeza azorados.

¡La habitual metedura de pata del trío más chapucero del mar de los Satánicos!

Todos aguardaban el arrebato de cólera del capitán de los capitanes Argento Vivo, pero el gran pirata se reía bajo la espesa barba.

—Perdona a estos simpáticos pillastres, Shark —dijo en tono cordial—. Hace meses que solo comen las flácidas delicias del capitán Sorrento.

Lo que el director decía era totalmente cierto. En la Escuela de Piratas, el cocinero Sorrento siempre preparaba un pésimo rancho a base de medusas.

El maestro de Navegación volvió a sentarse.

—Aun así, deben aprender disciplina —farfulló, dejando reposar el sable.

El capitán de los capitanes asintió y cogió un plato de la mesa.

—Para enseñar a los Lobitos de Mar la educación de un perfecto pirata, yo serviré personalmente a los comensales.

Se situó tras Ondina y, dirigiéndose hacia ella con suma cortesía, dijo:

—Primero las señoritas…

Luego le ofreció un buen trozo de atún, dos filetes de lenguado y unas patatas humeantes.

La joven alumna enrojeció y dio las gracias con vocecita emocionada. ¡La amabilidad del capitán de los capitanes los había dejado a todos de piedra!

En ese momento, el grumete vestido de camarero entró en la sala con cara de estar muy preocupado. Se acercó al director Argento Vivo y le susurró unas palabras al oído.

—¿QUÉ? ¿QUÉ? —exclamó el gran pirata tirando el plato al aire.

El atún, el lenguado y los trocitos de patata cayeron sobre la cabeza de los cinco Lobitos y del capitán Shark.

—La cena ha concluido —anunció el director, aturdido.

El capitán Shark cogió velozmente el sable y enarcó una ceja.

—¿Qué sucede?

—Los guardias han divisado tres embarcaciones enemigas ancladas en el acantilado de las Medusas —respondió con gravedad el director—. Han tomado la Escuela de Piratas.

Los niños temblaban como hojas…

¿Tres embarcaciones enemigas?

¿Su escuela tomada al asalto?

La voz solemne del capitán de los capitanes les cayó como un jarro de agua fría e hizo que volvieran en sí.

—Debemos desembarcar en la gruta secreta

de la isla y esperar a cogerlos por sorpresa, solo así podremos liberar la escuela. Ha llegado el momento de demostrar de qué pasta estamos hechos.

Mientras el director salía del comedor junto al capitán Shark, el intrépido Jim observó con atención a sus amigos. Antón se había escondido debajo de la mesa. Babor y Estribor mordisqueaban el atún que se les había pegado a la ropa. Ondina estaba sentada con las manos en la cabeza.

¿De qué pasta estaban hechos los Lobitos de Mar?

No tardarían en descubrirlo…

1
Una noche muy agitada

Habían llegado rápidamente al acantilado de las Medusas. El *Argentina* atracó en la gruta secreta de Argento Vivo, en la parte opuesta de la isla respecto a la escuela. Todos los miembros de la tripulación iban armados hasta los dientes: el sable en la mano derecha, la pistola en la izquierda y el cuchillo escondido en las botas.

Según el plan, aparecerían de golpe detrás del enemigo, al que asaltarían por sorpresa. Habían ordenado a los Lobitos de Mar que

permanecieran en la retaguardia y estuvieran listos para combatir si era necesario.

En medio de la confusión de los preparativos, los cinco amigos se habían dispersado y vagaban por el muelle, que estaba abarrotado de cajas y barriles.

—Ondina, ¿dónde te has metido? —gritó Jim.

—¡Estoy aquí, con Babor! —respondió una voz a lo lejos.

—En realidad soy Estribor —resonó otra voz.

—¡Debemos permanecer unidos! —advirtió Jim—. ¡Agrupémonos bajo nuestra bandera!

El muchacho inglés, de un salto, se subió a un barril y agitó en el aire la enseña de los Lobitos de Mar. Babor, Estribor y Ondina lo vieron y llegaron a toda prisa, pero ¿y el miedoso de Antón?

De repente, el barril sobre el que se había subido Jim empezó a sacudirse…

¡TOC! ¡TOC! ¡TOC!

¿Qué era eso?

Jim saltó y la tapadera se abrió de golpe.

—¿Queríais encerrarme aquí dentro? —refunfuñó Antón.

Los niños soltaron un suspiro de alivio…

—¡Eres el mismo cobardica de siempre! —resopló Ondina, impaciente—. Te habías escondido para no participar en la batalla, ¿verdad?

Antón se restregó las manos en la chaqueta.

—Soy un maestro del arte de la fuga, ¿no lo sabíais?

Los hombres de Argento Vivo se internaron en el pasadizo subterráneo que conducía a la Escuela de Piratas. Los Lobitos de Mar los siguieron y se pusieron a la cola de la fila.

Cuando salieron al palmeral contiguo a la escuela, se quedaron con la boca abierta. Las cabañas y el comedor estaban patas arriba. No había ni rastro de los alumnos ni de los maestros, pero en el muelle se veían al menos cincuenta piratas enemigos. Sus capitanes eran tres hombres que tenían una fama pésima: Jack *Parche Negro* y los pérfidos gemelos Dragokán y Sapokán.

La tripulación de Argento Vivo se lanzó inmediatamente a la carga con un grito estremecedor. Los Lobitos de Mar permanecieron detrás, agazapados y aterrorizados en medio de los helechos.

¡BANG! ¡BANG! ¡BANG!

—¡Por todos los sargazos y satánicos, los secuaces los estaban esperando con espadas y pistolas! —se lamentó Antón.

Capítulo 1

—¿Alguien ve a nuestro capitán? —preguntó Ondina.

—Voy a ver —susurró Jim poniéndose a gatas—. ¡Vosotros quedaos aquí!

—No nos moveremos ni un milímetro —prometieron Babor y Estribor.

El jovencito inglés llegó a la última palmera que había junto a la playa y miró hacia el muelle.

La batalla se endurecía. En esos momentos, los contendientes luchaban a puño y espada.

Sin embargo, los enemigos eran demasiado numerosos…

En un momento dado, el director Argento Vivo ordenó la retirada y sus hombres dieron media vuelta y salieron disparados.

Jim corrió veloz como un rayo.

—¡Los hombres de Argento Vivo se retiran! —anunció a sus compañeros de tripulación—.

22

Permaneced escondidos o los piratas enemigos os verán. —Luego se zambulló entre los helechos y desapareció.

A los niños les castañeteaban los dientes en sus escondites. Era tal la confusión que no lograban distinguir a los amigos de los enemigos.

No tenían otro remedio que permanecer callados y quietos.

Pero, de repente, alguien se puso a hurgar entre los helechos con el sable.

Los cinco Lobitos levantaron la cabeza a la vez… ¡y reconocieron al capitán de los capitanes!

—¡Por fin os encuentro, pillastres! —dijo el gran pirata resoplando.

Ondina corrió a abrazarlo y los otros niños se miraron sonriendo, aliviados.

El capitán de los capitanes tenía una expresión preocupada.

—Debo confiaros una tarea muy importante —reveló solemnemente.

—A sus órdenes, señor —respondió Jim sin pensárselo dos veces.

Tras unos segundos de vacilación, también los otros prestaron atención.

—Bien, chicos —prosiguió el director Argento Vivo—. La tentativa de liberar la Escuela de Piratas ha fracasado. Debemos retirarnos y volver a la gruta secreta. Sin embargo, tengo una misión especial para vosotros que quizá nos permita salvar la escuela.

Los cinco niños abrieron los ojos como platos.

—Bien, bueno…, ¿qué tenemos que hacer concretamente? —balbuceó Jim.

El capitán de los capitanes trazó en la arena el trayecto que debían recorrer.

—Nosotros intentaremos entretener a los piratas enemigos todavía un poco más, mientras vosotros tomáis el sendero que sube al despeñadero que está a la izquierda del muelle y continuáis hasta el Jardín Espinoso. Luego, cuando veáis una gran roca con forma de calavera, dobláis a la derecha y cruzáis las Tierras Blandas. A los pies del volcán encontraréis el

cementerio de las ballenas. Debéis entrar en una cueva llamada el Antro del Volcán. ¡Ahí es donde escondemos los suministros de pólvora negra de la escuela!

Estribor se rascó la barbilla con gesto dudoso.

—Pero ¿no es peligroso guardar la pólvora al lado de la lava?

—Una observación muy atinada, ¡manatí! —exclamó Argento Vivo—. De hecho servirá para desviar la atención del enemigo y lanzar el próximo ataque. Vuestra tarea consiste en prender fuego a la pólvora y hacer explotar el volcán.

Por mil balas de cañón…

¿Hacer explotar el volcán de la isla?

De todas las misiones, esa era sin duda alguna la más extraordinaria.

2
Una espina clavada

Los Lobitos de Mar se encaminaron en fila india al Jardín Espinoso. Por fortuna, aunque el sol se estaba poniendo, todavía había luz suficiente y no necesitaban antorchas para iluminar el camino.

El sendero subía por un despeñadero que dominaba la escuela y que solía utilizarse en las prácticas de escalada.

Casi habían llegado a la cima cuando Jim se detuvo.

—¡Veo a nuestros compañeros! —anunció

27

señalando un entrante escondido tras unas grandes rocas en la base del despeñadero—. Los tienen ahí, cautivos con los maestros.

Los niños se detuvieron de golpe y acabaron apretujados unos contra otros como sardinas en un barril, luego se asomaron al precipicio para mirar hacia el lugar que les había indicado Jim.

—Están maniatados con las cuerdas de escalar —gritó Ondina.

—Al menos habrá diez guardias vigilando —chilló Babor.

—¡Y Jack *Parche Negro*! —añadió Estribor.

Preocupados por el destino de sus amigos, los Lobitos discutieron sobre qué plan de acción debían seguir.

—Podríamos intentar desatarlos.

—¿Estás chalado? Desde aquí no podemos bajar, es demasiado escarpado.

—Bajaremos con la máxima prudencia…

28

—Pero los guardias nos verán.

—Los guardias no son ningún problema…

Los Lobitos se volvieron hacia Antón, que lanzaba al aire un gran guijarro con la mano. Estribor también cogió una piedra, y enseguida lo imitó su hermano Babor.

—¡Sí, sí! ¡Acribillaremos a los guardias a pedradas! —dijeron llenos de emoción.

—Una idea pésima —intervino Jim—. ¿No os acordáis? ¡Tenemos una misión que cumplir!

—Entonces, votemos qué hacer —propuso Antón—. ¿Quién está de acuerdo conmigo?

Babor y Estribor levantaron decididos la mano, mientras Ondina y Jim movían la cabeza, disgustados.

—Tres contra dos —dijo la mar de contento Antón—. ¡Gana la mayoría!

Luego se asomó para apuntar.

—¿Estáis listos para abrir fuego?

Una espina clavada

—Cañones apuntando al enemigo —respondieron ansiosos Babor y Estribor.

Los tres niños arrojaron a la vez los guijarros al precipicio.

El débil tiro de Antón dio en el calabazón del capitán Hamaca, su maestro. El proyectil de Babor aterrizó en el mar y la piedra de Estribor silbó junto a la oreja de Jack *Parche Negro*…

—¡Alarma! —gritó el comandante enemigo, sacando dos grandes pistolas del cinturón.

Capítulo 2

Mecachis, los habían visto…

—¡Huyamos! —ordenó Jim, que puso pies en polvorosa por la cresta del despeñadero.

Los Lobitos lo siguieron, asustados por el graznido de Jack *Parche Negro*.

—¡Capturadlos! —gritaba el pirata a sus hombres.

Llegados a la cima del despeñadero, el sendero descendía por el otro lado hacia la playa.

Tras haber recorrido un buen trecho, oyeron los primeros disparos. Los Lobitos se agazaparon, muertos de miedo, y siguieron avanzando agachados.

Por fin llegaron al Jardín Espinoso: una larga extensión de cactus gigantes y llenos de púas.

—Huy, huy, huy —resopló Antón—. ¡Cómo vamos a pincharnos con los cactus!

—Nada de lamentaciones —le cortó tajantemente Ondina—. ¡Cumplamos las órdenes!

32

Los niños se introdujeron entre los cactus. Babor y Estribor, los Lobitos de Mar más regordetes de la tripulación, chocaban contra las púas y gemían de dolor.

—Apuesto a que aquí dentro no nos siguen —se rio por lo bajo Antón, aminorando el paso—. ¡Estamos salvados!

Justo en ese momento, los piratas reanudaron los disparos y los Lobitos se arrojaron a tierra.

—Cállate, Antón —refunfuñó Ondina.

Mientras todos recuperaban la respiración, Babor y Estribor intentaban arrancarse las púas que se les habían clavado.

—Quítame esta púa, que yo no llego… —dijo el primero.

—Tengo una debajo de la barbilla —se lamentó el segundo—. ¡Y otra debajo de la axila!

Entre tanto, Jack *Parche Negro* y sus secuaces se aproximaban.

33

Capítulo 2

—Chicos, no perdamos más tiempo, debemos seguir adelante —apremió Jim, guardándose las espaldas.

Los Lobitos de Mar partieron rápidos como cohetes.

—¡Deteneos, mocosos! —los amenazó Jack *Parche Negro*, pero los niños no disminuyeron la marcha.

—¡Allí, a la derecha! —exclamó Jim—. ¡La roca con forma de calavera! Ese debe de ser el sendero del que hablaba Argento Vivo. ¡Vayamos a las Tierras Blandas!

—Si esto era el Jardín Espinoso —gruñó Antón—, ¡a saber cómo serán las Tierras Blandas!

Si antes lo dice…

Acabada la extensión de cactus, se iniciaba una ciénaga pestilente.

36

3
Acrobacias
en el barro

¡Qué lugar tan asqueroso!

Nubes de mosquitos, altas cañas, charcos pútridos y sobre todo…

—¡Arenas movedizas! —exclamó alarmado Jim.

—¿Lo dices en serio? —respondió Ondina, incrédula. Comprobó enseguida la consistencia del terreno y notó que las botas empezaban a hundirse lentamente, como si el pantano las absorbiera—. ¡Socorro, me arrastra hacia abajo! —gritó a pleno pulmón.

Capítulo 3

Los niños consiguieron sacarla por los pelos, el fango ya le llegaba a las rodillas.

—Solo nos faltaban las arenas movedizas —musitó Antón—. Pues qué camino tan bueno nos ha recomendado el director.

Acrobacias en el barro

Jim estaba pensativo y miraba hacia delante y hacia atrás con inquietud, esperando ver aparecer de un momento a otro a Jack *Parche Negro* y sus secuaces.

—Debemos pasar a la fuerza por aquí, no hay otra alternativa —dijo muy serio.

Pero ¿qué estaban haciendo Babor y Estribor?

—Está bueno este fruto —dijo tranquilamente Babor, doblando el tallo de un junco para mordisquear el extremo de color marrón.

—Un poco harinoso y amargo —respondió su hermano—. ¡Pero indudablemente sabroso!

Los otros Lobitos se quedaron con la boca abierta: ¡hasta en medio de un peligro como aquel, Babor y Estribor pensaban en comer!

—¡Mirad! —señaló de repente Ondina—. Hay lascas de piedra que sobresalen en la ciénaga.

—¿Dónde? —preguntó Jim, aguzando la vista—. ¡Ahí están! Parecen formar una especie de sendero.

—Podríamos saltar de una a otra, ¿qué pensáis? —sugirió la niña.

—¡Una idea genial, Ondina!

—De hecho, también yo estaba pensando en ello… —intervino Babor.

—¿Mientras te comías el fruto? —le preguntó su hermano.

Acrobacias en el barro

—Cuando como, ¡se me ocurren un montón de ideas!

Antón daba puntapiés mientras andaba nervioso en círculos.

—¡No, no! Nos caeremos en las arenas movedizas y nos ahogaremos en un segundo —dijo con una expresión preocupada—. Será mejor que nos rindamos ahora mismo.

—¿Estás chalado? —replicó Jim con severidad—. ¡No podemos entregarnos al enemigo!

—Estoy seguro de que no nos harán daño —replicó el niño francés—. Nos harán prisioneros, como a los demás alumnos de la escuela. Es preferible que acabar ahogados en las arenas movedizas, ¿no?

Pero un segundo después…

—Atrapad a esos miserables enanos —gritó Jack *Parche Negro* a sus hombres—. ¡El primero que los pille obtendrá una moneda de plata!

Estas palabras hicieron cambiar inmediatamente de idea a Antón…

Los chicos saltaron uno tras otro sobre la primera piedra y lucharon por no perder el equilibrio.

—¡Socorro, que me caigo!

—¡Que resbalo!

Y así sucesivamente, brincaron de piedra en piedra, siempre con el riesgo de caer en las arenas movedizas.

Mientras, un pirata bastante fornido había saltado a la primera lasca, pero su propio peso le había desequilibrado y se había caído en la ciénaga con un sonoro ¡PLOP!

Sus compañeros lo rescataron y luego Jack *Parche Negro* señaló al pirata más flaco de su pandilla.

—¡Atrápalos tú, Palillo! —ordenó—. No vuelvas con las manos vacías o será peor para ti.

Palillo era liviano y saltaba tan ágil como una rana. En un abrir y cerrar de ojos se hallaba a una piedra de distancia de los Lobitos de Mar, que se giraron para mirarlo, aterrorizados.

—¡Está detrás de nosotros!

—¡Menudo cuchillo lleva!

Palillo les dirigió una sonrisa traicionera.

—¡Os he pillado, mocosos! —dijo con una risita antes de dar el último salto.

¡PFIU!

Babor y Estribor habían tirado de un junco hacia atrás y lo habían soltado como un resorte, de modo que la planta chocó contra la nariz del perseguidor.

Palillo vio las estrellas y se cayó hacia atrás en el terreno fangoso.

—¡Socorro, venid a salvarme! —vociferó.

—¡Bien! —exclamaron los niños botando sobre las lascas de piedra.

La lasca sobre la que se encontraba Ondina se inclinó y la niña cayó a la ciénaga, en un charco lleno de nenúfares.

Ninguno conseguía ver a la joven pirata, que no respondía a las llamadas de sus amigos.

—Y ahora, ¿qué hacemos? —preguntó Antón, preocupado.

Solo faltaban un par de saltos para llegar a la otra orilla.

Jim no se resignaba.

—No podemos abandonarla —dijo angustiado. Descorazonado, miró alrededor: los hom-

bres de Jack *Parche Negro* habían sacado fuera del fango a su compañero con ayuda de una larga caña y se preparaban para volver a la carga.

Se pusieron a llamar a Ondina, cada vez más fuerte.

No había respuesta.

Solo se oía el zumbido de los mosquitos.

De golpe, resonó un grito desde la otra orilla:

—Eh, tortugas de mar, ¿qué hacéis todavía allí?

Era Ondina, toda empapada y con la ropa cubierta de ramitas y hojas, que sonreía a sus aterrados compañeros de tripulación.

—Esta parte de la ciénaga no es peligrosa —les indicó la niña—. Solo es un estanque de nenúfares. He llegado a la orilla nadando.

Los Lobitos dieron los últimos saltos que los separaban de ella y abrazaron felices a la mejor pirata del mar de los Satánicos.

Capítulo 3

Pero debían darse prisa.

—En marcha —dijo Jim—. Esperemos que Jack *Parche Negro* y sus colegas no consigan atravesar la ciénaga.

En vano…

Sus malvados perseguidores habían encontrado un sendero de piedras más estables bastante cerca de ahí y estaban ganando terreno.

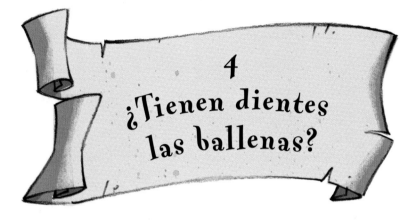

4
¿Tienen dientes las ballenas?

Los Lobitos superaron una serie de pequeñas colinas: avanzaron penosamente en la subida y aceleraron en la bajada. Luego empezaron a ascender hacia el volcán. Llegados a cierto punto se vieron obligados a detenerse: ¡les faltaba oxígeno!

—¿Qué dijo el capitán de los capitanes que debíamos buscar? —preguntó Ondina con la lengua fuera.

Jim estaba doblado en dos y con las manos sobre las rodillas.

47

—El Antro... del... Volcán —respondió entre jadeos.

—¿No había mencionado también un cementerio? —replicó la niña.

Los hermanos escandinavos se estremecieron.

—¿No querréis ir a un cementerio en plena noche? —preguntó Babor—. Habrá fantasmas, espíritus malvados, fuegos fatuos...

—¡Serás memo! —intervino Antón con su proverbial tacto—. No es un cementerio cualquiera, sino ¡el cementerio de las ballenas!

—¡Todavía peor! ¿Tú sabes lo grande que es el fantasma de una ballena?

Los niños se lo imaginaron y se echaron a temblar.

Jim apoyó un brazo sobre los hombros de Babor y le contó que un cementerio de ballenas era un lugar donde yacían los restos de grandes cetáceos.

—De fantasmas, nada, ¿entendido? —concluyó para tranquilizar los ánimos.

Estribor seguía sin entender y apuntaba con el dedo hacia el volcán.

—¿Y cómo se las han arreglado las ballenas para subir desde la costa hasta aquí?

—Buena pregunta —dijo Ondina—. ¡Solo lo descubriremos si seguimos avanzando!

Y con estas palabras, los Lobitos reemprendieron la marcha. El volcán se erguía ante sus ojos como una sombra majestuosa. A sus espaldas se veían las antorchas de Jack *Parche Negro*.

Lentamente el paisaje había ido cambiando: en esos momentos los niños avanzaban con dificultad por un cañón serpenteante.

—Es el lecho seco de un río —observó Jim sin detenerse.

—¿El lecho? ¿Los ríos duermen? —preguntó Babor perplejo.

—Qué suerte tienen —dijo Estribor dejando escapar un suspiro—. No me importaría echar una cabezadita…

El polvoriento cañón se iba estrechando y limitaba la vista. Los niños no podían correr y se vieron obligados a aminorar el paso. En cierto momento se oyó el crujido de unas ramas al romperse y el sonido de algo al caer.

—¡Ay, qué golpe! —lloriqueó Antón tendido en el suelo—. He tropezado con una raíz.

Estribor le ayudó a levantarse.

—Qué extraña es esta raíz: ¡es tan blanca como un hueso! —observó intrigado.

—¡Es un hueso! —asintió Jim—. Como los que tenemos alrededor…

Los Lobitos de Mar no se habían dado cuenta de las extrañas estructuras que había sobre sus cabezas. Eran costillas enormes y afiladas. También de las paredes del cañón asomaban

unas protuberancias óseas. Parecían estar en la panza de un gigante marino.

¡BRRR!

—No os asustéis, chicos —dijo Ondina, intentando darles ánimos—. Son tan solo los restos de las ballenas…

Antón no estaba muy convencido.

—¿Estás segura de que hay únicamente ballenas? —preguntó, señalando un diente largo como un puñal.

Oyeron el graznido Jack *Parche Negro*.

—¡Deteneos, mocosos! —gritó—. Tarde o temprano os atraparemos y yo mismo os cortaré en pedacitos con mi sable.

Ante esa amenaza, los Lobitos de Mar se dispusieron a salir corriendo.

—Huyamos, prefiero monstruos con dientes a que Jack *Parche Negro* me haga pedacitos —gritó Estribor.

Pero Jim no estaba de acuerdo.

—Nunca conseguiremos librarnos de ellos —advirtió—. Debemos hacer algo. —Miró alrededor a ver si se le ocurría alguna solución.

—¡Ya lo tengo! —exclamó Ondina—. Prepararemos a Jack *Parche Negro* y a sus secuaces una bonita trampa —susurró, y se acercó a sus amigos para exponerles su plan.

Los Lobitos de Mar se escondieron detrás de una curva y se dispusieron a enfrentarse con sus perseguidores.

—¿Estáis listos? —preguntó Jim a sus compañeros, fingiendo seguridad. Se sentía un poco nervioso: ¿y si no funcionaba el plan?

—En cuanto aparezcan, ¡los molemos a palos! —dijo Ondina.

Los demás asintieron.

Y así sucedió: cuando Jack *Parche Negro* y sus cinco secuaces surgieron veloces como rayos bajo la estructura de las costillas, los Lobitos de Mar golpearon con fuerza la base del gigantesco esqueleto.

¡CRAC!

El monstruo de huesos se derrumbó con un estruendo sobre los hombres de Jack *Parche Negro*, y formó una pila que bloqueaba el paso del cañón.

Los Lobitos se encontraban todos juntos en el otro lado. Casi no podían creer que su plan hubiese tenido éxito.

—Además, también hemos descubierto la entrada del Antro del Volcán —añadió Ondina señalando la boca de un túnel que se abría en la ladera del volcán, algo más arriba de sus cabezas.

Antón le dio un beso en la mejilla.

—¡Has estado estupenda, pirata mía! —dijo.

La niña hizo un gesto de rechazo.

—¡De qué vas, Antón! —rezongó.

—No perdamos tiempo —los interrumpió Jim—. Ahora debemos pensar en nuestra misión. Vamos.

Se produjo un silencio molesto cuando Jim emprendió la marcha hacia el volcán. Babor se acercó a su hermano y le enseñó un trocito de hueso.

—Parece la cola de una lagartija, ¿verdad? —susurró.

Estribor sacudió la cabeza.

—No hay reptiles tan grandes, hermanito…

5
Cómo burlar
a un fiero pirata

Los Lobitos escrutaban con inquietud el acceso a la caverna que tenían delante.

—Ni siquiera tenemos una pequeña antorcha, ¿estáis seguros de que queréis entrar? —preguntó Antón, rascándose la cabeza.

—Hemos llegado hasta el Antro del Volcán —dijo Jim—. ¡No podemos abandonar ahora!

—Pero ¿cómo veremos el camino? —chilló el niño francés—. ¡Está más oscuro que yo qué sé!

Babor y Estribor estaban empapados en un sudor frío.

—¿No habrá esqueletos también ahí dentro, verdad? —preguntaron con voz trémula.

—Tranquilos —intervino Ondina—. ¡Puede que tenga la solución!

Todos se volvieron hacia la joven pirata, que hurgaba en sus bolsillos. Sacó una piedra de chispa y la frotó contra la pared.

¡PATAPAM!

Se desprendieron un montón de chispas…

—Siempre la llevo conmigo, ¡nunca se sabe! —sonrió la niña.

—Una estupenda idea, Ondina —apuntó Jim, aliviado—. Ponte a la cabeza del grupo y de vez en cuando usa la piedra de chispa para iluminar el camino. ¿Estáis listos?

Los Lobitos se internaron en la estrecha cueva. Avanzaban manteniéndose junto a la pared derecha y cogidos de la mano. El terreno era liso y regular. Caminaban lentos pero seguros.

¡PATAPAM!

Las luces de las chispas confirmaron que se trataba de un túnel construido por el hombre y no de una gruta natural.

—¿Faltará mucho para llegar a la pólvora? —preguntó Estribor desde el final de la fila.

—Es posible que se encuentre en el centro del volcán —respondió Jim en la oscuridad—. Así que tardaremos un poco.

Ondina frotaba la piedra de chispa para iluminar los recodos de la galería. Los niños giraron muchas veces

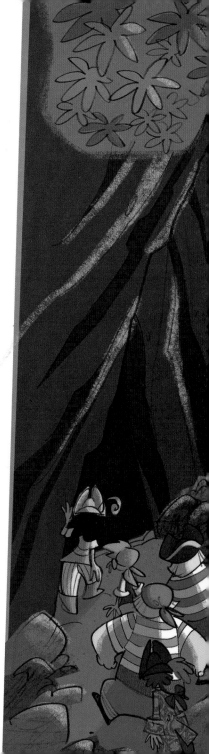

a derecha e izquierda: era como estar en un laberinto.

Reinaba un silencio total; y de improviso…

—¡Ya estoy aquí, piratillas! —resonó la voz ronca de Jack *Parche Negro*—. ¡Esta vez no os escaparéis!

¡Por todas las ballenas, el malvado pirata los había encontrado!

¿Cómo se las había apañado para salvar la barrera de huesos del cañón? En el túnel solo resonaban sus pasos, así que estaba claro que sus secuaces se habían quedado bloqueados en el otro lado.

Los niños empezaron a correr cada vez más deprisa, aterrados por las horribles risotadas de Jack *Parche Negro*. Avanzaban manteniéndose siempre junto a las paredes, pero, en un momento dado, Ondina no llegó a tiempo de iluminar el camino y…

Cómo burlar a un fiero pirata

¡CATACLOC!

Los Lobitos no vieron las escaleras, rodaron por el suelo y acabaron hechos un revoltijo.

—¿Os habéis hecho daño? —preguntó Jim mientras se libraba de la pierna flacucha de Antón.

—Solo un golpe en la cabeza.

—Un arañazo, nada más.

—Un golpe en la nariz, pero estoy bien.

—¿Y tú, Ondina? —insistió Jim, pues no había oído su respuesta.

—¡Estamos acabados! —exclamó la niña pirata—. ¡He perdido la piedra de chispa!

La noticia provocó un murmullo agitado. ¿Cómo lograrían seguir en total oscuridad? Los niños intentaron encontrarla a tientas. ¡Nada que hacer, la piedra había desaparecido!

—¡Tendríais que llevar una antorcha, fanfarrones! ¡Estáis acabados, ja, ja, ja! —retumbó alborozada la voz de Jack *Parche Negro*. Por suerte, todavía parecía hallarse bastante lejos.

Jim consiguió reunir a sus amigos. Estaban todos.

—¡Sigamos a gatas y sujetándonos por los pies! —susurró jadeando.

Los otros Lobitos de Mar estuvieron de acuerdo. Partieron a toda prisa, subieron algu-

Cómo burlar a un fiero pirata

nos escalones, siguieron una curva y al final distinguieron una luz.

—¿Notáis el calor? —dijo Antón, contento—. ¡Ahí abajo hay lava!

—Estamos en el centro del volcán.

—¡Bien!

Se pusieron en pie y entraron en una gruta iluminada por la lava candente. Junto a una pared había amontonadas decenas de barriles de pólvora negra.

—Los haremos rodar hasta la lava —propuso Babor.

—Son demasiado pesados, tenemos que hacerlos explotar donde están —replicó Estribor, secándose el sudor.

—¿Cómo? —preguntó Antón con un deje irónico—. ¿Soplando?

Entre tanto, Jim cavilaba en busca de una solución, farfullando para sí. Pasó la mano por

los barriles. Calculó mentalmente las dimensiones de la gruta. Luego miró hacia la boca del túnel, de donde provenía el rumor de los pasos cada vez más cercanos de Jack *Parche Negro.*

—¡Lo tengo! —anunció chasqueando los dedos.

Los amigos escucharon el plan de Jim.

—Os recomiendo que os tiréis todos al suelo cuando os lo diga. Y luego corred lo más rápido posible —concluyó con determinación.

En ese momento, Jack *Parche Negro* hizo su aparición en la cueva. Por primera vez, los niños vieron de cerca su fea carota y el gran parche negro que le tapaba el ojo derecho.

—Los ratoncitos han acabado en la trampa —rio sarcásticamente el pirata—. ¡Rendíos o conoceréis el plomo de mis balas!

Jim dio un paso por delante de los demás.

—No somos ratoncitos, sino los famosos

Lobitos de Mar —declaró orgulloso—. No te tenemos miedo, ¡somos cinco contra uno!

Babor y Estribor se desplazaron lentamente hacia la derecha; Antón y Ondina, hacia la izquierda. Jim permaneció en su sitio, con los barriles de pólvora a su espalda.

—Es inútil que intentéis cercarme, ¡yo llevo pistolas! —advirtió jactancioso el pirata—. ¡Y tú serás el primero!

—Apuesto a que no tienes valor para disparar, pirata de poca monta —se burló Jim con una sonrisita.

Jack *Parche Negro* cargó una pistola y apuntó al chico con el cañón.

—¿Estás realmente seguro? —preguntó desdeñoso.

—¡Segurísimo! —sonrió Jim.

En el momento en que disparó el proyectil, el niño inglés se lanzó al suelo y gritó a sus amigos:

Cómo burlar a un fiero pirata

—¡A tierra!

Los otros Lobitos no se lo hicieron repetir dos veces y se protegieron.

El proyectil alcanzó los barriles de pólvora negra y provocó una explosión espantosa…

5+1

(Un auténtico pirata sabe contar solo hasta cinco)

Fuegos artificiales

Mientras el fuego y el humo invadían la gruta, los niños se levantaron y cogieron la antorcha de Jack *Parche Negro*.

El pirata, que se había caído a causa de la explosión, se había golpeado la cabeza contra una roca y se había desmayado.

—No podemos dejarlo aquí, carguemos con él —dijo Ondina, preocupada—. Dentro de poco, el volcán saltará por los aires.

Babor y Estribor, los dos fortachones del grupo, lo levantaron como si fuera una pluma.

Antón fue el primero en salir, luego todos lo siguieron, sin dejar de toser, a lo largo del túnel serpenteante por el que habían llegado.

Apenas habían salido al aire libre cuando las detonaciones se hicieron más fuertes y el terreno empezó a temblar.

—¡Por poco! —resopló Jim—. ¡Seguro que se ha derrumbado la galería!

¿Y adónde podían ir ahora?

¿Cuál era el lugar más seguro?

Los niños miraron alrededor.

—¡Al mar! —exclamó Jim—. ¡Tenemos que zambullirnos en el mar! Es nuestra única posibilidad.

—Pero si volvemos por donde hemos venido, no tendremos tiempo de salvarnos —replicó Antón.

—Entonces rodeemos el volcán —propuso Ondina—. Cuando estábamos en el barco de

Argento Vivo, vi que en el otro lado hay un acantilado que se precipita al mar.

Los niños subieron a grandes zancadas la pendiente, rodearon el volcán que gruñía y se detuvieron delante de un acantilado.

—¡Socorro! Tengo vértigo —chilló Antón.

—No te lo pienses y salta —dijo Ondina tapándose la nariz con los dedos.

—¡Ni hablar! ¡No me atrevo!

Jim le dio un leve empujón y el niño voló acantilado abajo. Luego, todos se lanzaron al vacío, arrastrando a Jack *Parche Negro*.

Menuda zambullida…

Babor y Estribor chocaron esos cinco en la

superficie del agua. Antón parloteaba y chapoteaba, pero se tranquilizó cuando vio en el cielo las primeras bombas de lava.

El volcán era un espectáculo de estallidos diversos y los niños lo contemplaban con la boca abierta. ¡Era mejor que unos fuegos artificiales!

—Tendremos que nadar un buen rato hasta llegar a la escuela —intervino Ondina—. Venga, ¡vámonos!

Y realmente nadaron una eternidad…

Llegaron a la playa de la Escuela de Piratas una hora después, muy cansados. Sobre todo Babor y Estribor, que habían arrastrado a Jack *Parche Negro*. El fiero pirata estaba empezando a recobrar el sentido.

Pero ¿por qué no había nadie?

¿No tendría que haber empezado ya el contraataque Argento Vivo?

Capítulo 5+1

Los niños se sentaron y esperaron sin apartar la vista del volcán. Tras la descarga de bombas, la lava fluía lentamente pendiente abajo.

—¡Un trabajo excelente! —dijo Argento Vivo.

Jim y los otros se volvieron de golpe y vieron que se acercaban varios grupos de alumnos, los maestros y diversos marineros de la tripulación.

—Ni siquiera hemos tenido que luchar —informó riendo el director—. Los enemigos han huido en cuanto han oído el estruendo del volcán. Deben de haber pensado que los atacaba una batería entera de cañones. Y ahora nos encargaremos de él. —Hizo una seña a dos marineros, que cargaron con Jack *Parche Negro* y se lo llevaron.

Toda la escuela se reunió en torno a los Lobitos.

El capitán Hamaca, Sorrento, Shark, Letisse

Fuegos artificiales

Lutesse y Vera Dolores les fueron dando las gracias por turno. Apretones de mano, palmaditas en la espalda, en la mejilla…

Los niños estaban tan cansados y emocionados que no sabían qué decir. Pero los otros alumnos se dispusieron a rendirles homenaje.

Levantaron a los cinco amigos y los lanzaron al aire.

Capítulo 5+1

—¡Tres hurras por los Lobitos de Mar! —gritaban felices.

—¡Nos han salvado!

—¡Han liberado el acantilado de las Medusas!

Entre tanto, Argento Vivo discutía con los demás capitanes, señalando las cabañas destruidas, la lava que descendía del volcán y el desorden general. Luego detuvo la celebración con un gesto de la mano.

—Nos esperan días difíciles, amigos míos —declaró con su voz autoritaria—. Debemos reconstruir la Escuela de Piratas por entero.

Se produjo un largo murmullo…

—El curso escolar ha concluido de la peor forma posible —prosiguió el capitán de los capitanes—. Pero el próximo será mejor, con una escuela totalmente nueva. ¡Os lo prometo, mis piratas!

Fuegos artificiales

Se entonaron himnos de alabanza y canciones llenas de alegría…

—Una cosa más y luego me callaré —anunció Argento Vivo—: esta noche celebraremos un gran banquete con mis provisiones personales, no con el rancho habitual…, ¡y quiero que los Lobitos de Mar ocupen los sitios de honor!

Los cinco niños se quedaron pasmados: ¡el honor de sentarse a la cabecera de la mesa se concedía únicamente a los capitanes!

Toda la playa gritó a pleno pulmón sus nombres.

¡Viva Jim!

¡Hurra por Antón!

¡Fantástico, Ondina!

¡Impresionante, Babor y Estribor!

Nociones
de
piratería

Los piratas del mar de los Satánicos

En el mar de los Satánicos pululan fieros piratas. Algunos tiene su guarida en pequeñas islas; otros van de un lugar a otro en busca de barcos que atacar. La cabeza de todos ellos, sin embargo, tiene un precio…, una recompensa, contante y sonante, en doblones de oro.

Barba de Fuego

Es el pirata más fiero del mar de los Satánicos y no respeta para nada el Código de los Cinco Dedos. Ha acumulado un tesoro fabuloso al que todos desearían echar mano.

Es enemigo acérrimo del director de la Escuela de Piratas, Argento Vivo, desde que se pelearon en su juventud. Hace poco fue encarcelado en el acantilado de las Medusas.

Valor en doblones de oro: 1.000.

El Rata

Jorobado y siempre vestido de gris, el pirata El Rata tiene un olfato tan agudo que es capaz de notar el olor de los buques cargados de oro a kilómetros de distancia. También es avispado y astuto: ¡nadie consigue atraparlo!
Valor en doblones de oro: 300.

La Reina Azul

Es la pirata más célebre del mar de los Satánicos. Además de asaltar los buques mercantes, es una apasionada de los tesoros escondidos. Su pasado es misterioso y se desconoce su auténtico nombre, pero todos saben que es riquísima, como demuestra su barco, que está repleto de oro y joyas.
Valor en doblones de oro: 150.

Sapokán

Idéntico a su hermano Dragokán, el pirata Sapokán conoce al dedillo las rutas de los buques comerciales y es un navegante fabuloso. No consigue triunfar solo porque su gemelo Dragokán le pone siempre el palo entre las ruedas…
Valor en doblones de oro: 90

Dragokán

Siniestro, presuntuoso y parlanchín como hay pocos, el pirata Dragokán es grande, grandísimo…, pero ¡un inútil total! Siempre está peleado con su gemelo Sapokán, propietario de la isla vecina a la suya.
Valor en doblones de oro: 90.

Jack *Parche Negro*

Déspota y despiadado, Jack *Parche Negro* es un entusiasta de las pistolas, los fusiles y los arcabuces. En su barco guarda una colección de más de un centenar de piezas. Por suerte, debido al parche negro que lleva en el ojo derecho, su puntería es realmente mala.

Valor en doblones de oro: 75.

¡Pistolas, espadas y astucia!

Los piratas robaban las armas a los marineros de las embarcaciones saqueadas o las compraban a bajo precio en los mercados de las islas. ¡No solían ser de buena calidad!

Para empeorar las cosas, el agua, el viento y el sol las estropeaban aún más. Tenía que recurrir a algunas… ¡estratagemas!

Arcabuces y pistolas

Los arcabuces eran fusiles caros y poco precisos, que requerían un mantenimiento constante. Se utilizaban antes de abordar, cuando los marineros disparaban al barco enemigo.

Para el abordaje se preparaba un solo pistoletazo. Como para cargar el pedernal o la piedra de chispa se perdía mucho tiempo, los marineros, después de haber disparado, solían pasar enseguida al uso de la espada y los cuchillos…

Los piratas preferían los sables…

El espacio para maniobrar en el puente de un barco era muy limitado. En lugar de espadas largas y rectas, como el espadín, los piratas utilizaban los sables, que tenían un puño y una hoja curva. El sable también permitía parar los golpes de los adversarios contraatacando con el puñal en la otra mano.

¡La mejor arma siempre es la astucia!

A veces, los piratas combatían con hachas, hachetas, hoces, ganchos y cualquier otra cosa que encontraran en el puente. La mejor arma para atacar y defenderse siempre es aquella que el adversario no se espera.

Piratas con buen paladar

Hummm..., en realidad, la dieta de los piratas no era muy variada. Sin contar el pescado, en la bodega tenían aves y grandes tortugas, fáciles de capturar debido a su lentitud. También contaban con provisiones de carne seca y, sobre todo, de galletas.

La galleta

La galleta era plana y seca, un poco como las *cracker* de hoy. Se podía conservar por mucho tiempo, una ventaja fundamental para quien se pasaba muchos meses en mar abierto..., pero ¡su sabor no era nada del otro mundo!

Fruta y verdura

Debido a la dieta pobre en alimentos durante la navegación, los piratas a veces padecían de escorbuto. Esta enfermedad se pudo combatir cuando se descubrió que comer fruta fresca, cítricos en particular, era una buen remedio para prevenir este mal. A partir de entonces, en todos los barcos se guardaban limones u otras provisiones de frutas y verduras.

El menú de la Escuela de Piratas

El mar Caldoso es pobre en peces, pero muy rico en medusas durante todos los periodos del año. El capitán Sorrento, el cocinero de la escuela, ha elaborado una receta secreta para darles sabor y las prepara de cientos de modos distintos. ¡Una auténtica especialidad para los paladares… poco exigentes!

¡Ojo con las medusas!

Todas las tripulaciones del acantilado de Las Medusas saben muy bien cómo evitar las picaduras de las medusas. De hecho, sus tentáculos urticantes pueden provocar un enrojecimiento muy doloroso y también reacciones alérgicas todavía más graves. Si veis medusas en el mar, ¡procurad no bañaros!

¡Al asalto de las islas!

Atacar un puerto era un acontecimiento muy raro. Ante todo había que organizar una flota, ya que un solo barco pirata no era suficiente para hacerlo. Y poner de acuerdo a tanto pirata…, pues, bueno, ¡probad vosotros a ver si lo conseguís! Además, las islas estaban defendidas por cañones, fortificaciones y numerosos guerreros. ¡No era tan fácil como el abordaje de un barco solitario!

Pillar por sorpresa

El efecto sorpresa era el favorito de los piratas. En plena noche, al abrigo de la oscuridad, llegaban al puerto en botes. Cogían todo lo que podían y luego escapaban como alma que lleva el diablo.

Sustos y amenazas

Otras veces bastaba con que amenazaran con atacar. Enviaban a un mensajero para que hablase con las autoridades de la ciudad y negociase la paz a cambio de riquezas. Esta estratagema funcionaba mejor si el capitán de los piratas tenía una malísima fama y con solo oír su nombre la gente ya se asustaba.

Largos asedios

Otra táctica muy eficaz consistía en plantarse con el barco pirata delante del puerto y disparar cañonazos hasta que la población de la ciudad se rendía. Era un poco como un asedio medieval… ¡y podía durar días, meses…!

Índice

La Escuela de Piratas